这本书属于

This igloo book belongs to:

..................................

I Love You, Mummy

ISBN 978-1-78440-900-5

Copyright © 2015 Igloo Books Ltd.

Written by Melanie Joyce, Illustrated by Polona Lovsin

All rights reserved.

This edition has been published by arrangement with Igloo Books Ltd.

未经许可，不得以任何方式复制或抄袭本书的任何部分，违者必究。

北京市版权局著作权合同登记号：01-2016-6327

#### 图书在版编目（CIP）数据

我爱妈妈 / 英国冰屋出版公司著；白鸥译. —北京：化学工业出版社，2022.1
书名原文：I Love You, Mummy
ISBN 978-7-122-40117-5

Ⅰ.①我… Ⅱ.①英… ②白… Ⅲ.①儿童故事－图画故事－英国－现代 Ⅳ.①I561.85

中国版本图书馆CIP数据核字（2021）第210181号

---

责任编辑：张素芳　　　　　　　　　　封面设计：刘丽华
责任校对：刘曦阳　　　　　　　　　　内文排版：盟诺文化

---

出版发行：化学工业出版社（北京市东城区青年湖南街13号　邮政编码100011）
印　　装：北京尚唐印刷包装有限公司
787mm×1092mm　1/12　印张 2$\frac{1}{2}$　2024年3月北京第1版第1次印刷

购书咨询：010-64518888　　　　　　　售后服务：010-64518899
网　　址：http://www.cip.com.cn

凡购买本书，如有缺损质量问题，本社销售中心负责调换。

---

定　　价：28.00元　　　　　　　　　　　　　　　　版权所有　违者必究

# 我爱妈妈
## I Love You, Mummy

(英) 冰屋出版公司（Igloo Books） 著
白鸥 译

暖暖爱
幼儿情商培养
绘本

化学工业出版社
·北京·

妈妈,我爱你。你甜甜的吻像是我温暖的被子,又像是一觉醒来,照在我身上的暖暖的阳光。

妈妈,我们玩捉迷藏的时候,我偷偷看了你一眼,你说:"宝贝!我找到你了!"

妈妈，我爱你。当我摔倒在泥塘里，你会把我洗得干干净净，让我全身暖暖的、香香的。

妈妈，我害怕时，你总是伸出手臂保护我。我要从树上掉下来时，你会一下子接住我。

妈妈，我爱你。你的气味像夏天的花朵，又像柔软、舒服的羽绒被。

妈妈，寒冷的冬天来了，你把我抱在怀里，一起数飘落的小雪花，温暖又有趣。

妈妈，我爱你。你每天都和我在一起，给我拥抱，让我开心，喂我好吃的东西。

太阳下山的时候,我坐在你的怀抱里,你一边轻轻地拍着我的背,一边像快乐的蜜蜂一样轻轻地哼唱。

妈妈，我爱你。你带我看一闪一闪的星星，还有又圆又亮的月亮，你悄悄地对我说："嘘，别出声，我们该睡觉了。"

妈妈,我爱你。你紧紧地抱着我,让我慢慢地进入梦乡,在梦里你还是那样爱我。

妈妈，我爱你。因为，你是我的妈妈。